Verres et Bronzes Antiques
VERRERIE ARABE

ANCIENNE COLLECTION J.-A. DURIGHELLO

appartenant à M. Henri BUISSET, de Londres

VENTE AUX ENCHÈRES
HOTEL DROUOT, SALLE N° 8
LES 17, 18 et 19 MAI 1911

à deux heures précises

COMMISSAIRE-PRISEUR	EXPERTS
M° F. LAIR-DUBREUIL	**MM. ROLLIN ET FEUARDENT**
6, rue Favart	Paris, 4, rue de Louvois
PARIS	Londres, 65, Great Russel street, W. C.

EXPOSITION
Le Mardi 16 Mai 1911, de 1 heure et demie à 6 heures

PARIS — 1911

CONDITIONS DE LA VENTE

Elle sera faite au comptant.

Les adjudicataires payeront dix pour cent en sus des enchères.

L'exposition mettant le public à même de se rendre compte de l'état et de la nature des objets, il ne sera admis aucune réclamation une fois l'adjudication prononcée.

La Collection des Verres, comprenant les nᵒˢ 1 à 310, sera offerte en bloc pour 90.000 fr., avant de procéder à la vente au détail.

Paris. — Imp. de l'Art, Ch. Berger, 41, rue de la Victoire.

L'invention du verre a été faite en Phénicie, à l'époque préhistorique, mais jusqu'à ces derniers temps on ne connaissait pas une seule pièce de verrerie qu'on pût attribuer avec certitude aux Phéniciens. Les voyageurs n'avaient rien vu. On ouvrait les tombes les mieux closes, on en retirait des sculptures et des inscriptions stupéfiantes, mais les petits objets destinés à la vie privée faisaient défaut absolument, alors que l'Égypte en était pleine et les répandait comme on vide une corne d'abondance. Cette situation s'est modifiée depuis, moins pour la verrerie la plus ancienne que pour celle du siècle d'Alexandre et des siècles suivants, et surtout pour cette époque, si curieuse à étudier, où l'art antique va se confondre avec l'art arabe.

Vers 1886, dans les villages de Chefab-Amer, de Keppreh, Bassah, El-Zib et dans presque toutes les localités situées entre Saint-Jean-d'Acre et Tyr, puis plus loin, jusqu'au lac Tibériade, les paysans eurent subitement le goût de l'archéologie et la vision des trésors enfouis dans leurs vieux cimetières. On fouillait partout ; en peu de temps, plus de vingt mille verres furent mis au jour. Que sont-ils devenus ? Déjà, les fouilles de Chypre nous avaient livré un nombre égal de verreries grecques, et je serais bien embarrassé de dire où les pièces chypriotes attendent leur seconde résurrection. Pendant des années, l'Hôtel Drouot ne vendait pas autre chose.

Heureusement, un homme, alors fort jeune, M. Joseph-Ange Durighello, eut l'inspiration de choisir sur place les verres les plus beaux de cette trouvaille incomparable, en s'attachant de préférence à la variété des formes et à la magnificence des irisations. Né à Sidon même, M. Durighello est le fils du consul de France qui a procuré au Louvre le sarcophage d'Eschmounazar, et qui fut le guide de Renan dans son exploration de la Phénicie. Dès avant sa venue à Paris, avec une rare générosité, il offrit au Louvre des objets précieux ; je me rappelle un diplome militaire en bronze et un grand vase d'argent, byzantin. La collection de verres fut exposée pendant des mois au musée Guimet (Monde Illustré du 27 juillet 1901) où elle eut un succès très grand. Nous pensons que ce succès ne sera pas moindre devant la tribune du Commissaire-Priseur.

FRŒHNER.

VERRES ANTIQUES
ET VERRES ARABES

PREMIÈRE VITRINE

1 — Flacon arabe, pomiforme ; goulot droit, effilé et s'amincissant vers l'embouchure. Belle irisation nacrée et mordorée. Hauteur. 10 cent.

2 — Flacon allongé, en pâte vert de mer et à parois épaisses. — Fabrique phénicienne très ancienne. Irisation à reflets d'or et de nacre. — H. 15 cent.

3 — Petite coupe sans anses, campaniforme, les bords moulurés. — H. 8 cent. D. 86 millim.

4 — Flacon cylindrique cannelé, muni de deux anses. — Forme rare. — H. 7 cent.

5 — Grand flacon piriforme, à parois minces ; col droit avec embouchure évasée. — H. 195 millim.

6 — Petite coupe à parois épaisses ; pâte vert de mer ; autour des bords, à l'intérieur, deux filets gravés. Irisation bleu turquoise et argent. — H. 55 millim. D. 95 millim.

7 — Biberon ; irisation blanc opaque ; fil agglutiné faisant quatre fois le tour du col. — H. 9 cent.

8 — Flacon couvert d'une irisation nacrée; goulot droit s'évasant un peu vers le bord. Pied moulure. — H. 12 cent.

9 — Beau lécythe à embouchure trilobée; anse plate, le milieu de la panse ponctué. — Forme rare. — H. 16 cent.

10 — Vase en forme de cratère, sans anses, avec collier en relief. Irisation nacrée. — H. 9 cent.

11 — Verre à boire, en forme de cylindre légèrement étranglé aux deux tiers de sa hauteur et cerclé d'un fil en relief. Irisation opalisée. — H. 10 cent.

12 — Verre à boire, de forme conique, posé sur une rondelle qui sert de pied; aux bords supérieurs, un fil agglutiné faisant dix tours de spirale. — H. 106 millim.
(*Voir planche I*).

13 — Petit flacon campaniforme, avec pied et goulot droit légèrement évasé vers le haut. Irisation métallique. — H. 102 millim.

14 — Petit godet en verre bleu turquoise. Fabrique arabe. — H. 45 millim.

15 — Flacon pomiforme; goulot droit se terminant en entonnoir. Belle irisation nacre et or. — H. 11 cent.

16 — Petite coupe montée sur un pied, la panse à cannelures torses et les bords moulurés. — H. 7 cent. D. 84 millim.
(*Voir planche I*).

17 — Flacon campaniforme à col droit s'évasant vers le haut. Verre blanc avec tache violacée. Fabrique arabe. — H. 16 cent.

18 — Flacon cannelé, monté sur quatre petits pieds. Irisation blanc opaque. — H. 94 millim.

19 — Flacon cylindrique avec une belle irisation turquoise. — H. 112 millim.

20 — Flacon pomiforme à large col mouluré. Irisation nacrée. — H. 8 cent.

21 — Gourde arabe à deux anses, toute couverte d'irisation rouge et or. — H. 14 cent.

22 — Gobelet. Décor : lignes ondulées en relief, formées par des fils agglutinés. — H. 7 cent.

23 — Flacon phénicien à long col en pâte vert de mer. Irisation métallique. — H. 15 cent.

24 — Lécythe à huit dépressions longitudinales; anse en pâte opaque, collier en relief. — H. 12 cent.
Voir planche V.

25 — Flacon bursiforme à deux oreillettes, la panse cerclée d'un fil agglutiné. — H. 9 cent.

26 — Grand biberon, le goulot en entonnoir. — H. 11 cent.

27 — Grand flacon piriforme. Irisation nacrée. — H. 14 cent.

28 — Coupe garnie de piquants. — H. 78 millim. D. 98 millim.

29 — Petit flacon pomiforme en verre bleu, le goulot en entonnoir. — H. 7 cent.

30 — Gobelet arabe à cannelures bleues, garni extérieurement de quatre anneaux mobiles (sur cinq), également en pâte bleue. — H. 102 millim.
Voir planche X

31 — Amphorisque; goulot en entonnoir, cerclé d'un fil agglutiné qui fait sept tours de spirale et s'enroule autour du col du vase. Irisation nacrée. — H. 9 cent.

32 — Lécythe cannelé; même embouchure et même collier. — H. 88 millim.

33 — Flacon cylindrique, cannelé, en verre améthyste. — H. 105 millim.

34 — Très petit gobelet; fil en relief à la base, panse évasée vers le haut. Belle irisation nacrée. — H. 52 millim.

35 — Coupe basse, côtelée, en pâte vert de mer. Irisation nacrée. — D. 103 millim.

36 — Amphorisque arabe en verre blanc et bleu. Le bleu est employé pour les anses, le collier, le contour de l'épaule et un rang de zigzags décorant la panse. — H. 6 cent.

37 — Petite amphore, la panse ornée de cannelures peu saillantes. Irisation nacrée. — H. 11 cent.

38 — Petit vase en verre verdâtre, la panse côtelée au moyen de quatre dépressions. Irisation métallique. — H. 7 cent.

39 — Beau lécythe en verre blanc, l'anse et le collier en pâte verte. L'irisation du goulot a pris la couleur du blanc opaque, celle de la panse est nacrée. — H. 13 cent.

40 — Petit lécythe pomiforme à goulot tréflé; panse et col entourés d'un fil. — H. 77 millim.

41 — Flacon pomiforme à col droit; pâte jaune d'ambre. — H. 10 cent.

42 — Amphorisque en verre améthyste; panse surbaissée, cerclée d'un fil blanc à dix tours de spirale, anses à poucier. — H. 6 cent.

43 — Beau flacon piriforme en verre jaune d'ambre; panse étranglée à la base du goulot. — H. 15 cent.

44 — Petit calice arabe en verre jaune, la panse ornée de deux anneaux saillants ; autour de l'orifice, un fil opaque, agglutiné, faisant sept tours de spirale. — H. 104 millim.
Voir planche I.

45 — Flacon pomiforme à long col ; irisation métallique. — H. 154 millim.

46 — Grand flacon à deux anses ; collier simple, en relief. — H. 20 cent.

47 — Flacon conique à long col ; pâte vert de mer. — H. 22 cent.

48 — Amphore ; au milieu de la panse, un fil en relief, et, sous le fil, un rang de zigzags en pâte verdâtre. Verre arabe. — H. 11 cent.

49 — Coupe côtelée en verre verdâtre. — D. 156 millim.

50 — Autre, les côtes plus nombreuses et moins saillantes. — D. 153 millim.

DEUXIÈME VITRINE

51 — Beau flacon en verre jaune, figurant un fruit, peut-être une figue de Barbarie. Moulure à la naissance du goulot et autour de l'embouchure. — H. 14 cent.
Voir planche I.

52 — Calice arabe orné, extérieurement, de deux anneaux saillants. Irisation métallique. — H. 107 millim.
Voir planche I

53 — Petit vase bleu arabe en forme d'urne ; entre l'épaule et les bords de l'embouchure, cinq anses. — H. 6 cent.

54 — Flacon à cannelures torses et en forme de balustre, les deux anses reliées au bord de l'embouchure. Pâte vert de mer. — H. 118 millim.

55 — Autre, la panse allongée, s'évasant un peu vers le bas, les anses appliquées à la moitié inférieure du corps ; collier en fil ; patine blanche opaque. — H. 11 cent.

56 — Flacons jumeaux, tout entourés des spirales d'un fil agglutiné ; deux anses. H. 12 cent.

57 — Beau flacon fusiforme. Irisation argent et or. — H. 12 cent.

58 — Amphorisque arabe en verre blanc translucide à décor verdâtre. Les anses, le collier, l'arête de l'épaule et une ligne de zigzags sont en pâte verdâtre. — H. 53 millim.

59 — Petit flacon en forme d'urne, sans anses. — H. 47 millim.

60 — Petit flacon cylindrique en verre bleu, le goulot évasé. — H. 67 millim.

61 — Flacon fusiforme en verre brun, orné de blanc et simulant une pierre précieuse, le sardonyx. — H. 12 cent. — Quelques lésions insignifiantes.

Voir planche II.

62 — Flacon en verre améthyste pâle, le corps en balustre, cerclé d'un fil agglutiné, et muni de deux anses. — H. 114 millim.

63 — Flacon en forme de balustre à cannelures torses, avec deux anses à pouciers. Il a conservé son épingle d'argent qui servait à retirer l'onguent. La tête de l'épingle est une boule à décor géométrique ciselé, portant, en lettres pointillées, le nom propre ΟΝΗСΙΦΟΡΟΥ. Irisation nacre et or. Trouvé à Sidon. — H. 11 cent.

64 — Grand verre à boire, en forme de cône allongé, orné d'un rang de guttules bleues. Fabrication arabe. — H. 20 cent.

Voir planche II.

65 — Petite amphore basse, côtelée au moyen de huit dépressions, la panse protégée par un réseau de fils agglutinés, les anses amorties par de larges attaches. — H. 9 cent.

66 — Aiguière à quatre anses; collier en fil agglutiné faisant sept tours. — H. 20 cent.
Voir planche III.

67 — Lecythe moulé, à six pans couverts de dessins géométriques. Collier servant d'appui à l'anse. — H. 18 cent.

68 — Flacon pomiforme, le corps décoré de cannelures en torsade; long col, s'évasant un peu vers le haut. — H. 17 cent.

69 — Grand flacon à deux anses amorties, chacune, par une longue cordelette en pâte vert pâle, agglutinée aux parois du vase. Près de l'embouchure, un collier de même couleur. — H. 19 cent.

70 — Lecythe très allongé, tout couvert de cannelures en spirale. Anse plate à nervures; collier; goulot en entonnoir et ver clé d'un fil à quatre tours de spirale. — H. 23 cent.
Voir planche IV.

71 — Flacon à long col, la panse formée de deux boules superposées. — H. 24 cent.

72 — Lecythe fusiforme, le bas de la panse orné de treize nervures verticales. Collier en fil de verre, anse à poucier. — H. 24 cent.
Voir planche IV.

73 — Flacons jumeaux avec leur poignée en verre verdâtre transparent. Six arêtes dentelées, en verre brun, sont soudées verticalement sur les parois du vase pour qu'il ne glisse pas des mains. La poignée se replie en triangle. — H. 21 cent.

— 12 —

74 — Très beau verre à boire, le corps cylindrique et s'évasant légèrement vers les bords. Irisation nacre et or. — H. 125 millim.

75 — Flacon pomiforme en verre améthyste. — H. 12 cent.

76 — Flacon hémisphérique, très léger ; goulot en entonnoir ; fond creux. Irisation nacrée. — H. 7 cent.

77 — Lécythe pomiforme en verre blanc, l'anse plate, cannelée et coudée. — H. 13 cent.

78 — Flacon côtelé, à sept dépressions longitudinales.— H. 10 cent.

79 — Petite coupe en verre améthyste, cerclée d'un fil agglutiné. Goulot orné d'une moulure. — H. 78 millim.

80 — Petit vase en forme d'urne à deux anses. — H. 6 cent.

81 — Flacon piriforme en verre bleu ; aux deux tiers de la hauteur, une ligne gravée en creux. — H. 83 millim.

82 — Flacon cylindrique cannelé en verre améthyste. — H. 10 cent.

83 — Petit flacon sphérique en verre bleu. — H. 6 cent.

84 — Petit vase en forme d'urne ; verre bleu, bords moulurés et ornés, à l'intérieur, d'un trait gravé en creux.— H. 64 millim.

85 — Petit lécythe arabe, côtelé, en verre blanc ; anse, collier et pied en pâte verte ; de même, un cercle soutenant l'embouchure. — H. 9 cent.

86 — Flacon pomiforme à long col en pâte brune veinée de blanc, simulant le sardonyx. — H. 10 cent.
Voir planche VI.

87 — Flacon cylindrique, s'élargissant un peu à la base et à l'embouchure. Les deux tiers supérieurs du cylindre sont cerclés d'un fil et munis, de chaque côté, d'un fil plus gros formant trois oreillettes superposées. — H. 12 cent.

88 — Flacon fusiforme, sans pied, le goulot en entonnoir.— H. 13 cent.

89 — Flacons jumeaux en verre blanc, avec anses en verre bleu. Fil agglutiné entourant la panse tout entière. Belle irisation nacrée. — H. 105 millim.

90 — Flacon pomiforme moulé, à large goulot droit; autour de la panse, six fleurons. Irisation nacrée. — H. 95 millim.

91 — Beau lécythe arabe à cannelures moulées, l'anse et le colher en pâte bleue. — H. 115 millim.

92 — Petit vase en forme d'urne. Sur la panse, quatre osselets soudés comme à la barbotine. Patine simulant le blanc opaque. — H. 75 millim.

Voir planche VI.

93 — Petit flacon pomiforme. Sur la panse, un rang de dessins géométriques en relief (X alternant avec I ; étranglement à la base du goulot. — H. 75 millim.

94 — Verre arabe cylindrique en pâte bleue, l'orifice décoré d'une large moulure. — H. 8 cent.

95 — Flacons jumeaux en pâte jaune d'ambre, cerclés de fils ; au sommet, un réseau à trois mailles, en verre blanc, posé debout et figurant des cordelettes de suspension. — H. 14 cent.

96 — Vase bleu en forme d'urne ; trait gravé sous le bord intérieur. — H. 72 millim.

97 — Petit flacon pomiforme ; goulot en entonnoir. Patine nacrée. — H. 9 cent.

98 — Lécythe en verre améthyste, à goulot tréflé. Panse, col et embouchure cerclés d'un fil ; anse en pâte blanche. — H. 11 cent.

Voir planche VI.

99 — Coupe côtelée en pâte vert de mer. — D. 10 cent.

100 — Autre, plus profonde et les côtes plus espacées. — D. 12 cent.

TROISIÈME VITRINE

101 — Calice en verre blanc moulé. Sur la panse, sept losanges juxtaposés; collier simple en fil agglutiné. — H. 12 cent.
(Voir planche VI).

102 — Flacon moulé, pomiforme, revêtu d'un réseau de losanges qui ressemblent à un grillage ou aux mailles d'un filet. Goulot en entonnoir, orné de moulures. Parois épaisses. — H. 95 millim.
(Voir planche VI).

103 — Petit flacon bleu pomiforme. — H. 65 millim.

104 — Petite amphore en verre jaune; anses en pâte blanche. — H. 8 cent.

105 — Lécythe côtelé, à goulot trilobé. Anse bleue, collier blanc, et, autour de l'embouchure, un fil bleu. — H. 14 cent.

106 — Flacon fusiforme en verre jaune, la pointe amortie par un bouton. — H. 166 millim.

107 — Lécythe à anse plate et striée; à la base du goulot, un anneau; un autre sous la coupelle de l'embouchure. — H. 16 cent.

108 — Flacon piriforme à long col; sous l'embouchure, deux bandeaux de fils agglutinés. — H. 214 millim.

109 — Flacon pomiforme à col droit. Irisation nacrée. — H. 16 cent.

110 — Verre à boire, s'évasant vers le haut. Parois épaisses. Irisation argent et or. Fabrique arabe. — H. 11 cent.

111 — Lécythe moulé, à fines cannelures, l'anse se terminant en anneau. Trois nervures parallèles sur l'anse; triple collier. — H. 14 cent.
(Voir planche VI).

112 — Flacon pomiforme à six côtes. Verre améthyste pâle. H. 95 millim.

113 — Lécythe en verre améthyste; embouchure trèflée, collier, anse à poucier. — H. 11 cent.

114 — Amphorisque à cannelures torses, de forme conique, à deux anses doubles. — H. 155 millim.

115 — Lécythe moulé, en verre améthyste. Corps cylindrique cannelé, anse en pâte blanche opaque. — H. 10 cent.

116 — Lécythe pomiforme, à large goulot pris dans un collier. Patine à reflets métalliques. — H. 8 cent.

117 — Lécythe fusiforme, sans pied; embouchure moulurée, collier à la base du goulot. Patine blanc opaque. — H. 16 cent.

118 — Grand flacon en verre verdâtre. Panse ovoïdale reposant sur un pied conique, col allongé, la moitié supérieure cerclée d'un fil et les parois consolidées par huit tiges soudées qui, à leur base, se transforment en autant de petites anses, appuyées sur l'épaule du vase et réunies par des arcades. — H. 24 cent.
Voir planche III.

119 — Quatre flacons réunis, entourés de fils et consolidés par quatre tiges repliées, formant chacune une suite de cinq oreillettes superposées. Au sommet, deux poignées cintrées sur lesquelles vient s'appuyer une troisième. — H. 24 cent.

120 — Flacons jumeaux, cerclés de fils et entourés de quatre tiges repliées formant chacune trois ou quatre oreillettes. L'anse se compose de tout un réseau simulant les courroies. Cinq tiges droites reposent sur l'embouchure des flacons, s'élèvent jusqu'à mi-hauteur de l'anse où elles sont consolidées par des tiges transversales, puis se terminent en arcades. Au sommet, une dernière poignée, presque aussi haute que les autres, complète l'armature du vase. — H. 33 cent.
Voir planche IV.

121 — Flacon sphérique à long col, la panse ornée de guirlandes agglutinées, le goulot entouré d'un fil en spirale. — H. 27 cent.
Voir planche V.

122 — Grand flacon piriforme à long col s'évasant vers l'embouchure ; pied en forme de clochette. — H. 23 cent.

123 — Petite amphore très allongée, en verre jaune, avec deux anses vertes et un anneau brun au-dessous de l'embouchure. — H. 256 millim.

124 — Verre à boire, avec une très belle irisation opalisée. — H. 105 millim.

125 — Autre, en forme de calice. Même irisation. — H. 95 millim.

126 — Flacon moulé, orné de cannelures striées. Irisation vert et pourpre. — H. 106 millim.

127 — Petite amphore pomiforme en verre jaunâtre, les anses en pâte verte. Quatre fils verts autour de l'épaule et, dessous, un rang de zigzags de même couleur. Fabrique arabe. — H. 95 millim.

128 — Flacon cylindrique, s'amincissant un peu vers le bas, de même que le goulot. Irisation nacrée. — H. 155 millim.

129 — Amphorisque côtelé au moyen de dix dépressions. Le pied, les anses, le collier et le fil agglutiné qui enlace, en quatre tours de spirale, l'embouchure, sont en verre jaune. — H. 16 cent.

130 — Baguette en torsade, surmontée d'un anneau ; verre verdâtre muni de trois annelets en verre brun. — H. 156 millim.

131 — Flacon moulé en forme de balustre ; verre améthyste. Sur le bas de la panse, des lignes verticales irrégulières en relief ; les anses en verre verdâtre. Fabrique arabe. — H. 98 millim.

132 — Flacon fusiforme en verre améthyste, cannelé ; collier en relief de forte saillie. — H. 117 millim.

133 — Lécythe orné de zigzags verts. L'anse coudée, munie d'un poucier, l'anneau qui soutient l'embouchure, le collier, le fil qui entoure l'épaule du vase, et le bouton du pied sont également en pâte verte. Fabrique arabe. — H. 12 cent.

134 — Amphorisque à deux anses doubles, le col cerclé d'un gros fil agglutiné qui fait dix tours de spirale. Irisation nacrée et blanc opaque. — H. 14 cent.

Voir planche VI.

135 — Flacon en forme de cône très allongé. Verre améthyste. — H. 22 cent.

136 — Petite amphore pointue par le bas, les anses en verre jaune, de même que l'anneau qui les réunit et l'anneau qui soutient l'embouchure. — H. 18 cent.

137 — Petit vase en forme d'urne, mais à trois anses, l'embouchure moulurée. Superbe irisation nacrée. — H. 9 cent.

138 — Coupe très ancienne, en forme de mamelle. Verre jaune d'ambre. — D. 11 cent.

139 — Lécythe côtelé et à goulot trilobé. Panse cerclée de fils, collier, anse surmontée d'un anneau. — H. 105 millim.

140 — Flacon pomiforme en verre bleu, veiné de blanc. — H. 85 millim.

141 — Petit flacon fusiforme. Irisation nacrée. — H. 96 millim.

142 — Flacon pomiforme à large goulot. Belle irisation nacrée. — H. 75 millim.

143 — Guttus pomiforme, avec anse et déversoir ; collier en fil agglutiné. — H. 76 millim.

144 — Coupe à rebord, les anses remplacées par deux rangs de dentelures. Irisation nacrée. — D. 116 millim.

145 — Petite situle avec anse surélevée. — H. 12 cent.

146 — Petit flacon en forme d'urne ; trait gravé, à l'intérieur, autour de l'embouchure. Irisation nacrée. — H. 65 millim.

147 — Coupe en verre jaune d'ambre, les bords moulurés. — H. 6 cent. D. 10 cent.

148 — Flacon piriforme. Belle irisation mordorée. — H. 113 millim.

149 — Autre, en pâte vert de mer. Même irisation. — H. 107 millim.

150 — Coupe côtelée en pâte vert de mer. — D. 92 millim.

QUATRIÈME VITRINE

151 — Très bel amphorisque, pointu par le bas, en verre améthyste. — H. 148 millim.

152 — Petit flacon côtelé, à large goulot évasé. Irisation nacrée et bleu opaque. — H. 6 cent.

153 — Petit lécythe pomiforme, l'anse en pâte vert de mer. Irisation métallique. — H. 8 cent.

154 — Flacon moulé, de forme sphérique, sans anses, décoré d'un réseau à mailles ponctuées. — H. 7 cent.

155 — Petite amphore en pâte rouge opaque, l'épaule ornée d'une ligne de zigzags blancs. Parois très épaisses, anses à pouciers, pied en forme de bouton. Fabrique arabe. — H. 53 millim.

156 — Verre à boire, l'embouchure moulurée. Belle irisation nacrée. — H. 85 millim.

157 — Petit flacon pomiforme à large goulot droit. Pâte améthyste — H. 6 cent.

158 — Très petit flacon sphérique en pâte vert pré. — H. 5 cent.

159 — Petite amphore à panse allongée. — H. 65 millim.

160 — Flacon cylindrique à large goulot. Irisation nacre et blanc opaque. — H. 77 millim.

161 — Petit flacon à long col, tout couvert de gros fils agglutinés en pâte verdâtre : une ligne de zigzags surmonté de quatre cercles, collier à quinze tours de spirale. Fabrique arabe. — H. 73 millim.

162 — Lécythe arabe à goulot tréflé; même genre de décor en fils verts. — H. 7 cent.

163 — Lécythe cylindrique côtelé (verre moulé). Irisation blanc opaque à reflets d'argent. — H. 95 millim.

164 — Flacons jumeaux d'une des anses brisée. Superbe irisation nacrée. — H. 12 cent.

165 — Flacon pomiforme en verre améthyste, toute la panse cerclée d'un fil blanc. — H. 98 millim.

166 — Verre à boire moulé, ovoïde, décoré d'un réseau de mailles hexagonales et, sous les bords, d'une frise de cannelures. — H. 83 millim.
(Voir planche VIII).

167 — Joli flacon en verre améthyste. — H. 11 cent.

168 — Grand flacon pomiforme, muni d'un petit goulot droit. Sur la panse, un décor de fils agglutinés, simulant des guirlandes. Patine gris opaque. — H. 11 cent.

169 — Flacon en forme de balustre ; verre améthyste avec deux oreillettes en pâte blanche. — H. 9 cent.

170 — Lécythe pomiforme à large col mouluré et orné d'un collier. Sur la panse, une ligne de zigzags en verre blanc opaque, et un cercle blanc autour de l'épaule. Irisation nacrée. — H. 8 cent.

171 — Flacons jumeaux avec leur poignée. Sur chaque face, deux lignes de zigzags agglutinés, en blanc opaque, se dirigeant de haut en bas. — H. 15 cent.

172 — Petit flacon en forme d'urne, le col et l'épaule cerclés de fils, la panse ornée d'un rang de zigzags. Irisation blanc nacré. — H. 6 cent.

173 — Petit lécythe orné d'un collier, le goulot en entonnoir. Irisation blanc et nacre. — H. 82 millim.

174 — Amphorisque à panse presque sphérique, toute cerclée de fils agglutinés. — H. 85 millim.

175 — Lécythe en verre blanc, avec une large tache de couleur améthyste, les bords finement moulurés. — H. 14 cent.

176 — Verre à boire, à parois épaisses, s'évasant légèrement vers le haut. — H. 117 millim.

177 — Flacon pomiforme à large col évasé. Irisation nacrée. — H. 11 cent.

178 — Amphore pointue par le bas, la pointe amortie par un bouton. Sur la panse, trois frises, dont deux à métopes, gravées à la roue. Dans chaque métope, une large gouttelette ; sur la frise médiane, une rangée de petits traits verticaux. Anses plates cannelées. Patine grise. Fabrique arabe. — H. 18 cent.

179 — Amphorisque moulé, simulant un fruit, peut-être une figue de Barbarie. Anses striées et enjolivées sur le modèle des anses de bronze. Verre verdâtre. — H. 14 cent.

180 — Amphorisque à large col cerclé d'un fil bleu faisant quatorze tours de spirale. Chaque anse, également en verre bleu, est repliée de façon à former trois oreillettes. Fabrique arabe. — H. 106 millim.

181 — Amphorisque pointu par le bas, en verre blanc à décor bleu. Autour de l'épaule, une double guirlande, attachée aux oreillettes; fils agglutinés autour du goulot et du bas de la panse. — H. 122 millim.
Voir planche VIII

182 — Gourde plate, orbiculaire, en verre jaune d'ambre. — H. 116 millim.

183 — Flacons jumeaux, le haut de la panse entouré d'un fil faisant quatre tours, le bas décoré de zigzags en relief. Superbe irisation nacrée et blanc opaque. — H. 12 cent.

184 — Lécythe en verre bleu turquoise. Panse hexagonale avec décor floral et linéaire en creux; goulot trilobé, anse à poucier. Fabrique arabe. — H. 14 cent.

185 — Très bel amphorisque annelé et pointu par le bas. Verre blanc opaque et deux anses bleues. — H. 104 millim.
Voir planche VIII

186 — Gourde plate ornée d'un rang de zigzags en relief, placés sous un fil agglutiné. Goulot évasé; cercle bleu sous l'embouchure; collier bleu. Irisation nacrée. — H. 12 cent.

187 — Flacon fusiforme à base équarrie. Pâte bleue. Sur la panse, deux registres de dessins linéaires en émail rouge et blanc. Goulot droit et moularé. Fabrique arabe. — H. 154 millim.

188 — Grand flacon moulé, piriforme, tout entouré d'un réseau. Collier en verre émeraude et, sous le rebord du goulot, un cercle de même couleur. — H. 116 millim.

— 22 —

189 — Beau verre côtelé légèrement, pomiforme, en pâte améthyste ; goulot mouluré. — H. 9 cent.

190 — Très belle gourde à cannelures torses. Collier en relief. Irisation nacrée. — H. 16 cent.

191 — Grand flacon arabe pomiforme en verre noir, les parois très épaisses. — H. 10 cent.

192 — Petit verre à boire, entouré d'un cercle en relief saillant. Fabrique arabe. — H. 72 millim.

193 — Flacon cylindrique en verre améthyste, le bas de la panse à cannelures droites, le haut à cannelures torses ; goulot orné de moulures. — H. 92 millim.

194 — Flacons jumeaux, cerclés d'un fil vert à douze tours de spirale et muni d'une anse surélevée. Irisation nacrée. — H. 15 cent.

195 — Flacon en forme de calice, la panse cerclée d'un fil faisant cinq tours de spirale, chaque anse repliée en trois oreillettes superposées, anse surélevée. — H. 16 cent.

196 — Superbe coupe à parois légères ; près des bords, à l'intérieur, quelques cercles gravés à la meule. Patine nacrée. — D. 13 cent.

197 — Lécythe moulé, hexagonal, en verre jaune. Décor floral et linéaire. Embouchure tréflée ; anse coudée, munie d'un poucier. — H. 14 cent.
Voir planche VII.

198 — Verre à boire en forme de calice. Belle irisation nacrée. — H. 11 cent.

199 — Flacon hexagonal, moulé. Décor : façades de temple alternant avec des losanges ponctués au centre. Pâte vert de mer. — H. 65 millim.

200 — Flacons jumeaux sans anses, cerclés de fils agglutinés ; autour de l'embouchure, des zigzags en fils plus gros. Irisation nacrée. — H. 11 cent.

CINQUIÈME VITRINE

201 — Petit verre cylindrique moulé, orné de palmettes et muni de trois petites anses. — Exemplaire unique. H. 52 millim.

202 — Gourde plate en verre améthyste. — H. 14 cent.

203 — Autre, en verre noir. Sur chaque face, divisée en deux moitiés, un décor floral et une grappe de baies, en creux ; en exergue, des ornements similaires. Anses à ponciers, collier de fils soudés, tranche creusée pour retenir une cordelette. — H. 13 cent.

Voir planche VII.

204 — Petit flacon cylindrique, s'évasant vers le haut. Irisation nacrée. — H. 78 millim.

205 — Petit flacon moulé, en pâte blanche, figurant deux masques imberbes. — H. 78 millim.

206 — Autre, hexagonal. Décor en relief : deux grappes de raisin, deux pommes de grenade et deux cédrats. Fabrique juive. — H. 78 millim.

207 — Flacon juif de même forme. Pâte blanc opaque. Décor en relief : coupe chargée de fruits, deux aiguières, un cratère plein de fruits, une amphore et encore une aiguière. Sur l'épaule du vase et à sa base, un rang de guttules. — H. 84 millim.

Voir planche VIII.

208 — Vase arabe pomiforme en pâte bleu turquoise. Autour de l'épaule, six petits appendices de faible saillie. — H. 8 cent.

200	209 — Flacon en forme de datte sèche; pâte vert de mer. — H. 82 millim.
1.800	210 — Petit flacon arabe en pâte bleu turquoise, l'épaule aplatie et garnie de cinq petits appendices peu saillants. — H. 9 cent. *Voir planche VIII*.
155	211 — Gourde plate en pâte verte translucide. Panse ovale, les deux faces couvertes d'une sorte de grillage, les tranches garnies de longues dentelures qui descendent des anses. Fabrique arabe. — H. 135 millim.
155	212 — Beau flacon cylindrique en verre verdâtre, monté sur trois pieds. Autour du col, un fil en spirale, faisant douze tours, avec trois oreillettes saillantes et très compliquées (quelques lésions). La panse est entourée d'une suite d'anneaux, les uns simples, les autres larges et chargés de zigzags. Ce verre a conservé son bouchon, façonné en clou. Fabrique arabe. — H. totale, 14 cent.
1.200	213 — Petite amphore à large goulot. Irisation nacrée. — H. 12 cent. *Voir planche IV*.
310	214 — Grand flacon en forme de pomme de coing, monté sur un pied et muni d'un long col s'évasant un peu vers le haut. Irisation mordorée. — H. 17 cent.
	215 — Petit flacon côtelé au moyen de quatre dépressions; col s'élargissant vers le haut et cerclé d'un fil à trois tours de spirale. Irisation nacrée. — H. 76 millim.
	216 — Joli petit amphorisque en verre verdâtre. — H. 53 millim.
200	217 — Flacon en forme de datte sèche. Verre jaune d'ambre. — H. 62 millim.
85	218 — Autre. — H. 70 millim.
	219 — Petit flacon moulé en forme de grappe. — H. 74 millim.

220 — Petit flacon piriforme en verre bleu, cerclé d'un fil blanc à onze tours de spirale. Parois minces. — H. 6 cent.

221 — Petit flacon pointu par le bas, la panse à quatre faces. Anneau saillant à la naissance du col. Irisation nacre et or. — H. 72 millim.

222 — Flacon composé de deux masques. Verre améthyste. — H. 55 millim.

223 — Très petite amphore à anses vert émeraude. Patine brune. — H. 6 cent.

224 — Petit flacon pomiforme à large goulot évasé. Très belle irisation nacrée. — H. 40 millim.

225 — Petit flacon côtelé en verre améthyste. — H. 5 cent.

226 — Flacon en forme de datte sèche. Verre bleu très rare. — H. 65 millim.

227 — Petit lécythe, collier et anse en blanc opaque. — H. 6 cent.

228 — Petite amphore sphérique, en verre jaune, les anses bleues. — H. 65 millim.

229 — Flacon carré moulé; sur chaque face, un arbuste en relief; col annelé. — H. 54 millim.

230 — Flacon très allongé et reposant sur un pied; moulure à la base du col. Patine blanc opaque. H. 94 millim.

231 — Petit flacon carré, très épais; à chaque angle, un bouclier hexagonal taillé à la meule. — H. 3 cent.

232 — Flacon en forme de datte sèche; verre améthyste. — H. 65 millim.

233 — Petite coupe montée sur un pied. Verre bleu opaque. — H. 36 millim.

234 — Petite gourde, aplatie au moyen de deux dépressions. Irisation nacrée. — H. 5 cent.

235 — Petit flacon pointu par le bas, à quatre pans et à parois très épaisses. Anneau au bas du col. Irisation nacrée. — H. 75 millim.

236 — Flacon sphérique en verre bleu, le goulot à deux étages. — H. 6 cent.

237 — Petit godet en verre jaune. — H. 24 millim.

238-239 — Deux autres en verre blanc. Irisation nacrée. — H. 23 et 20 millim.

240 — Très petit lécythe en verre bleu opaque, monté sur un pied. Embouchure en bec de plume, anse à poucier. — H. 40 millim.

241 — Petit flacon carré, en pâte vert de mer, les quatre pans taillés à la meule. — H. 35 millim.

242 — Flacon chrétien, taillé à la meule. Sur chaque face, une croix grecque ; goulot hexagonal ; quatre petits pieds. — H. 75 millim.

243 — Petit flacon à long col, l'embouchure ornée d'un cercle gravé. Pâte vert de mer. Irisation blanc opaque et or. — H. 45 millim.

244 — Pied de calice, fragment. Art Vénitien. — H. 6 cent.

245 — Petit flacon pomiforme en verre améthyste. — H. 48 millim.

246 — Petit flacon carré, taillé à la meule ; à chaque coin, un bouclier hexagonal avec son *umbo*. — H. 45 millim.

247 — Coupelle basse, le rebord décoré de guttules ovales en relief, cernées de cercles ovales. — D. 57 millim.

248 — Épingle en verre verdâtre. — Épingle torse en verre jaune. — Coulant de collier en verre améthyste (irisation nacrée).

249 — Bracelet torse en verre verdâtre. Irisation blanc opaque. D. 72 millim.

250 — Deux petits bracelets côtelés, verre noir.

251 — Bracelet à côtes torses ; verre verdâtre, patine terreuse.

252 — Bracelet à cannelures longitudinales ; verre verdâtre patine noire). — D. 82 millim.

253 — Paire de bracelets en verre noir. — D. 10 cent.

254 — Bouteille sphérique à goulot droit. — H. 20 cent.

255 — Grand vase campaniforme, le goulot en entonnoir. — H. 22 cent.

256 — Grand lécythe ; anse plate et cannelée ; anneau saillant à la base du col. — H. 23 cent.

257 — Grande bouteille ; goulot en entonnoir, cerclé d'un fil à quatre tours de spirale. — H. 24 cent.

258 — Grande amphore, se rétrécissant vers le bas. Anses coudées, assises sur l'épaule du vase. — H. 29 cent.

259 — Grande bouteille sphérique à col large et s'évasant vers l'embouchure. — H. 32 cent.

SIXIÈME VITRINE

260 — Balsamaire (fragment) en verre bleu turquoise, incrusté de bandelettes ondulées multicolores (blanc, bleu, jaune d'ambre, rouge et or). — Grande-Grèce. — H. 61 millim.
Voir planche II.

261 — Petit godet arabe en pâte verte opaque, avec collier. — H. 4 cent.

262 — Balsamaire phénicien très ancien. Verre bleu kobalt, incrusté de plumes blanches couvrant toute la panse ; cercles blancs sur le col et à la base ; deux appendices simulant les oreillettes. — H. 10 cent.

263 — Autre ; même fabrique et même décor. — H. 117 millim.

264 — Amphorisque en verre bleu kobalt, côtelé autour de l'épaule et incrusté de zigzags en pâtes opaques (blanc et jaune). Cercles blancs autour de l'embouchure et du col, sur l'épaule et sur la base. — H. 87 millim.

265 — Balsamaire en verre bleu kobalt : cercles et zigzags incrustés en jaune opaque. — H. 12 cent.

266 — Amphorisque en verre bleu turquoise. Décor : zigzags en pâte verte opaque et cercles en jaune opaque. — H. 8 cent.

267 — Petit balsamaire bleu kobalt. Collier en jaune opaque ; autour de la panse, une bande de zigzags jaunes, et à la base arrondie, un fil jaune faisant trois tours. — H. 76 millim.

268 — Petit balsamaire équarri, en forme de clou. Pâte bleue incrustée d'imbrications en blanc opaque. — H. 85 millim.

269 — Lécythe à goulot tréflé. Pâte bleu kobalt, incrustée de cercles et de zigzags en pâtes opaques, jaune et blanche. — H. 75 millim.

270 — Balsamaire bleu, tout le corps incrusté de plumes en jaune opaque. — H. 10 cent.

271 — Autre, cannelé et décoré de quatre bandes de zigzags blancs. — H. 115 millim.

105

272 — Aryballe, légèrement côtelé à l'épaule. Verre bleu incrusté de cercles et de zigzags en pâtes opaques jaune et verte. Deux oreillettes vertes. — H. 6 cent.

550

273 — Amphorisque pointu par le bas. Pâte bleu kobalt, incrustée de plumes et de cercles en pâtes opaques blanc et jaune. Deux anses en verre blanc translucide. — H. 15 cent.

495

274 — Balsamaire en verre bleu kobalt, avec deux appendices en pâte blanche translucide, simulant les anses. Décor jaune et vert, très soigné : plumes qui enveloppent la panse et collier à nombreux tours de spirale. — H. 14 cent.

20

275 — Petit flacon en forme d'amphore, mais sans anses, le haut légèrement côtelé. Cercles et zigzags en jaune opaque. — H. 65 millim.

125

276 — Balsamaire en verre bleu, incrusté de plumes jaunes et d'un collier jaune. — H. 12 cent.

340

277 — Autre : mêmes couleurs et même décor. — H. 116 millim.

190

278 — Amphorisque côtelé, en verre bleu : cercles et zigzags incrustés en jaune opaque et en blanc opaque. — H. 55 millim.

160

279 — Balsamaire côtelé, en verre bleu, incrusté de jaune et de bleu turquoise : cercles et zigzags. — H. 106 millim.

280 — Petit balsamaire côtelé, de même style. — H. 78 millim.

210

281 — Amphorisque pointu par le bas. Verre bleu incrusté de cercles et de zigzags en pâtes opaques jaune et bleu turquoise. — H. 7 cent.

282 — Flacon à panse sphérique côtelée, montée sur un pied élevé et munie d'un long col. Verre bleu : mêmes incrustations. — H. 87 millim.

283 — Amphorisque côtelé, pointu par le bas. Cercles et zigzags incrustés en jaune et en bleu turquoise. — H. 8 cent.

284 — Autre ; même décor, collier jaune. — H. 9 cent.

285 — Beau flacon, pointu par le bas, à la panse allongée et se terminant par un long goulot. Pâte bleu kobalt ; imbrications blanches sur toute la surface. — H. 143 millim.
(Voir planche VIII).

286 — Beau balsamaire bleu, tout incrusté de plumes en blanc opaque. Le verre a conservé son épingle, une baguette torse en verre blanc translucide, amortie par un bouton plat. — H. 114 millim.

287 — Beau balsamaire phénicien en verre blanc opaque, incrusté de cercles et de zigzags en verre améthyste. — H. 13 cent.
(Voir planche VIII).

288 — Dauphin sur une base en verre bleu massif, incrusté de blanc (queue brisée). — L. 8 cent.

289 — Trois petits masques en verre opaque multicolore, dont l'un de l'Hercule tyrien.

290 — Grand collier composé de perles et de barillets en verre opaque multicolore.

SEPTIÈME VITRINE

VERRES ARABES

380   291 — Belle gourde (omom) en verre blanc, la panse aplatie sur ses deux faces, le goulot en forme de balustre et très effilé. Irisation métallique. — H. 14 cent.

180   292 — Omom en verre blanc translucide. A la base du goulot, deux oreillettes allongées. Irisation mordorée. — H. 11 cent.

18   293 — Flacon à goulot très élevé ; entre la panse du vase et le goulot, une moulure. — H. 23 cent.

215   294 — Omom en verre blanc doré. — H. 18 cent.

27   295 — Autre, à irisation nacrée. — H. 185 millim.

220   296 — Omom en verre blanc. Irisation mordorée. — H. 19 cent.

    297 — Petit omom à décor d'or simulant les veines d'une pierre précieuse. — H. 12 cent.

2.500   298 — Omom en verre blanc ; autour de la base du goulot, un cercle d'émail bleu renfermant une tige feuillue dorée ; sur la panse, un dessin au trait brun ; *inscription arabe*. — H. 19 cent.

1.085   299 — Autre, la pointe du goulot munie d'une embouchure en bronze. Même décor bleu et or autour de la base du goulot ; au haut de la panse, un semis de petits traits bruns entre des cercles bruns. — H. 20 cent.

620   300 — Autre, à parois plus fortes. Décor en émail vert et brun : deux médaillons et deux petites frises de feuillages. — H. 19 cent.

    301 — Omom doré, le goulot en balustre. Sur l'épaule, quatre rosaces, dont deux émaillées de bleu. — H. 23 cent.

302 — Petit omom en verre jaune doré. — H. 17 cent.

303 — Omom en verre verdâtre. Dessins au trait et émaux bleu, rouge et blanc (feuilles et fruits). — H. 21 cent.
Voir planche IX.

304 — Autre, le goulot en balustre. Dessins au trait, émaux bleu et brun. — H. 18 cent.

305 — Flacon à long col. Sur l'épaule, une frise de dessins au trait (bandelettes enroulées et feuilles de lierre) avec émaux rouges et verts. Le goulot est orné d'un anneau saillant et de quatre colliers peints. — H. 17 cent.
Voir planche IX.

306 — Verre à boire, cylindrique et s'évasant vers les bords. Sous l'embouchure, un semis de poissons et d'oiseaux en or ; puis une frise d'arcades en émail bleu, séparées par des trèfles en émail bleu, blanc et jaune. Dans les arcades, des enroulements d'or. — Époque fatimite. — H. 17 cent.
(*Voir planche X*).

307 — Petit verre à boire, décoré de médaillons et de plantes en émail bleu et blanc. — H. 8 cent.
(*Voir planche X*).

308 — Petit verre à boire, orné d'une inscription en émail vert, blanc et rouge. — H. 8 cent.
(*Voir planche X*.

309 — Verre à boire, décoré de cercles et de petits traits en émail bleu et or. — H. 10 cent.
Voir planche X.

310 — Calice (brisé). Panse cannelée, le haut entouré de deux cordonnets pris entre des cercles lisses, le pied finement strié. — H. 17 cent.
(*Voir planche IX*).

BRONZES ANTIQUES

1. ÉGYPTIENS

380   311 — Cinq têtes de chattes, montées sur une base en marbre cipolin, finement moulurée. — H. 30 à 50 millim.

400   312 — Adorant à genoux, vêtu de la *shenti*. Patine verte.

Voir planche XIII.

12 [?]
125   313   Horus adolescent assis, nu, coiffé du serre-tête à l'uræus, la tresse juvénile au-dessus de l'oreille droite, le bras droit levé et l'index rapproché des lèvres.

~~480~~
510   314 — Tête de chatte, les oreilles percées pour recevoir des pendentifs en or. Belle patine verte.

425   315 — La déesse Bast debout, à tête de chatte, en robe longue toute couverte de ciselures. A sa main gauche elle tient une égide à tête de chatte coiffée du disque à l'uræus. Patine verte.

Voir planche XI.

270   316 — Anubis à tête de chacal, debout sur une base, les bras pendant le long du corps, la jambe gauche avancée.

Voir planche XI.

750   317 — Imhotep assis, déployant sur ses genoux un rouleau de papyrus.

Voir planche XI.

318 — Râ, à tête d'épervier, debout, coiffé du klaft et du pschent à l'uræus. Vêtu de la *shenti*, il avance la jambe gauche et le bras gauche qui tenait un sceptre. Patine verte.
Socle en porphyre, moulure. — H. 135 millim.
(*Voir planche XII*).

319 — Anubis en marche, le bras gauche avancé. Traces de légendes sur la base. Patine verte.
Socle en granit, moulure. — H. 14 cent.

320 — Bès-Panthée debout, à quatre ailes horizontales et à quatre bras, dont deux reposent sur les ailes. Coiffé de l'*atef*, il marche sur deux crocodiles. Deux uræus sont appliqués à ses genoux ; d'autres se voient dans sa main gauche, dans les mains des deux bras horizontaux, devant le disque et de chaque côté des plumes de la coiffure. Aux pieds du dieu, un scorpion et un serpent qui se mord la queue. — Belle patine verte. — Sujet très rare.
Socle en porphyre. — H. 15 cent.
(*Voir planche XII*).

321 — Isis debout, en robe longue étroite. Elle est coiffée du klaft à l'uræus ; ses bras pendent le long du corps.
Socle en granit. — H. 205 millim.
(*Voir planche XII*).

2. GRECS

322 — Buste de Satyre jeune, souriant, couronné de pin ; sa main gauche tient une des pattes de la nébride. — Décor de meuble. Patine verte. — H. 11 cent.

323 — Buste drapé de jeune homme (*Alexandre le Grand*), la tête un peu tournée vers la droite du spectateur.
Socle en cipolin. — H. 66 millim.
(*Voir planche XIV*).

324 — Ganymède assis, de face, sur un rocher, le bras droit étendu pour se défendre contre l'aigle qui vient l'enlever. Patine verte.
Socle en marbre rouge. — H. 80 millim.
(Voir planche XIV).

325 — Mercure grec, debout, drapé dans sa chlamyde, avec le chapeau ailé et les sandales ailées. Au bras gauche il porte un caducée, à la main droite une bourse. Patine verte.
Socle en marbre rouge. — H. 12 centim.
(Voir planche XIII).

326 — Acteur du drame satyrique. Il est coiffé d'un masque de Silène à longue barbe, vêtu d'un pantalon et d'une tunique courte en fourrure. Une écharpe s'enroule autour de sa ceinture et se rejette sur l'épaule gauche. Courbé par l'âge, il doit jouer le rôle d'un vieil esclave.
Les bras manquent. — Socle en marbre rouge. — H. 13 c.
Voir planche XVI.

327 — Apollon debout, sans draperie, la jambe droite avancée, le bras droit pendant, l'autre replié en avant. Patine verte.
Socle en marbre. — H. 18 millim.

328 — Apollon nu, debout, le bras gauche abaissé, l'autre replié en avant, et la main droite ouverte. Jolie figurine de style hellénistique. Patine brune.
Socle en porphyre. — H. 12 centim.
Voir planche XV.

329 — Alexandre le Grand, debout, le bras droit levé, l'autre avancé et portant un parazonium. La figurine n'a pour vêtement qu'une chlamyde recouvrant les épaules et le pectoral gauche avec les bras. Les yeux sont incrustés d'argent. Style hellénistique. Patine noire.
Socle en porphyre. — H. 13 centim.
Voir planche XVI.

900

330 — Hercule jeune, debout, étreignant le lion de Némée. — Décor de meuble, fonte pleine. Patine verte.
<small>Socle en marbre rouge. — H. 13 cent.</small>
<small>Voir planche XVIe.</small>

385

331 — Lasa étrusque, debout, le haut du corps et la jambe gauche à découvert, les ailes éployées. Sa main droite s'appuie contre la tête, l'autre tient une aiguière. Sur la poitrine, l'inscription étrusque : *Suthina*, gravée à la pointe. Patine verte.
<small>Socle en marbre rouge. — H. 24 cent.</small>

925

332 — Vénus diadémée, sans draperie, debout, dans l'attitude de la Vénus de Médicis. Belle patine noire luisante.
<small>Socle en porphyre. — H. 182 millim.</small>

1.260

333 — Minerve grecque, debout, en robe longue, la tête coiffée d'un casque corinthien et un peu tournée vers la droite du spectateur. Les yeux sont évidés. Patine noire.
<small>Les bras manquent au sortir de la draperie. — Socle en marbre rouge. — H. 17 cent.</small>
<small>(Voir planche XVI).</small>

2.820

334 — Très belle figurine de Vénus nue, dans l'attitude de celle de Médicis. Les cheveux sont noués en crobyle, les yeux incrustés d'argent, la jambe gauche supporte le poids du corps. Patine noire. Base antique, ronde et moulurée. — H. totale, 22 cent.
<small>(Voir planche XVe).</small>

2.70

335 — Médaillon en relief. Cybèle assise dans un char à gauche, attelé de deux lions bondissants. Elle est précédée d'une femme tenant deux flambeaux et d'un jeune homme tenant un flambeau et un caducée. Dans le haut, une antilope, un Amour adolescent volant à droite et couronnant le

polos de Cybèle, puis deux astres et le croissant. En exergue, buste imberbe, de face, entre deux tiges enroulées. — D. 11 cent.

Support en marbre rouge moderne et en onyx bleu.

(*Voir planche XIV*).

ARGENT

336 — Imhotep assis de face et déployant sur ses genoux un rouleau de papyrus. Il est coiffé d'un serre-tête, paré d'un collier et vêtu de la *shenti* qui forme, sur le devant, des plis droits ; ses pieds s'appuient sur une base carrée. Beau style, fonte pleine.

Socle en cipolin moderne. — H. 12 cent.

(*Voir planche XIII*).

MARBRE

337 — Statuette de Silène debout, sans draperie, la jambe gauche s'avançant un peu sur l'autre. Sculpture grecque de très beau style. — Marbre blanc.

Manque la tête, les jambes et les bras. — Socle en marbre de Sienne, moderne. — H. 31 cent.

Pl. 1

Pl. 1

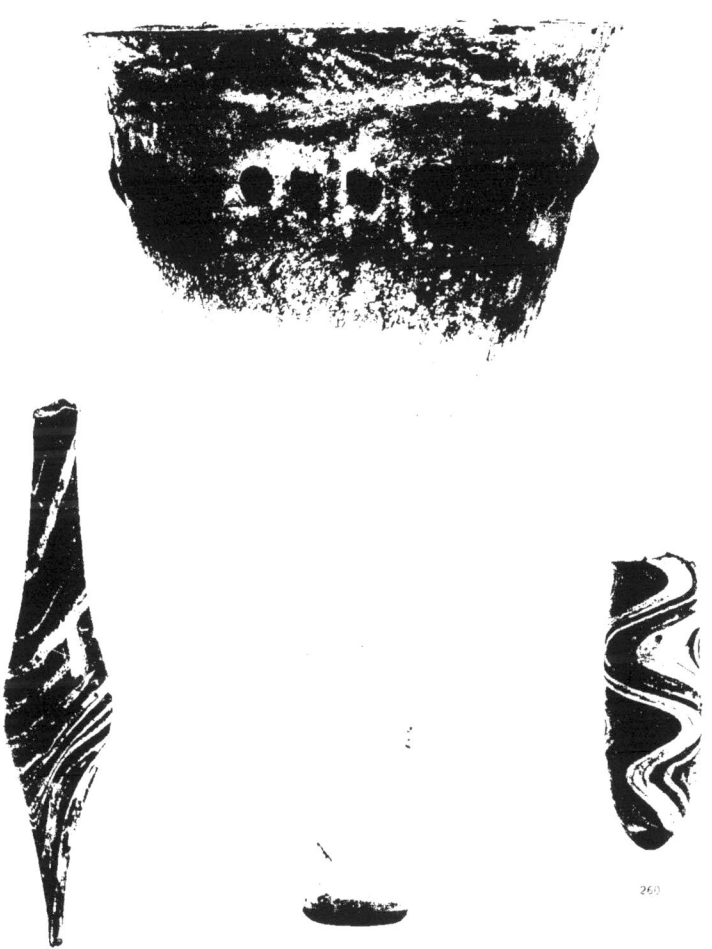

Pl. 2

Pl 3

Pl. 4

Pl 5

121 24 70

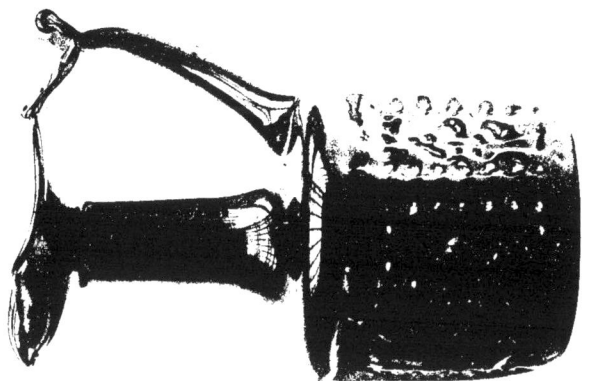

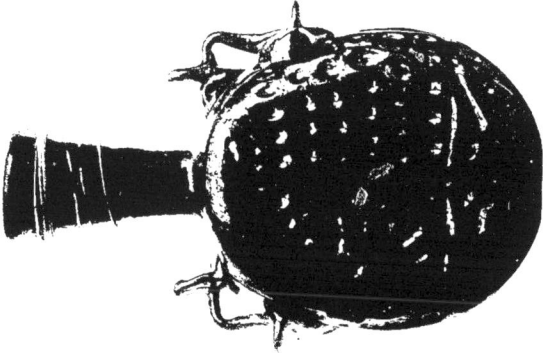

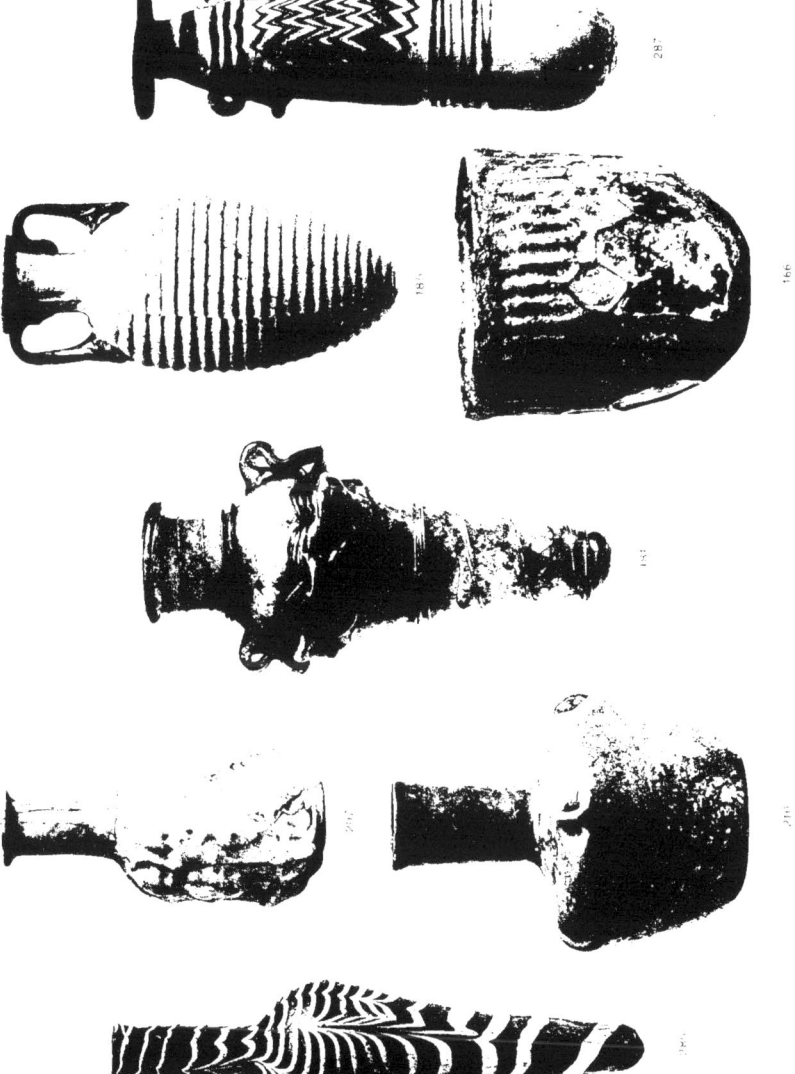

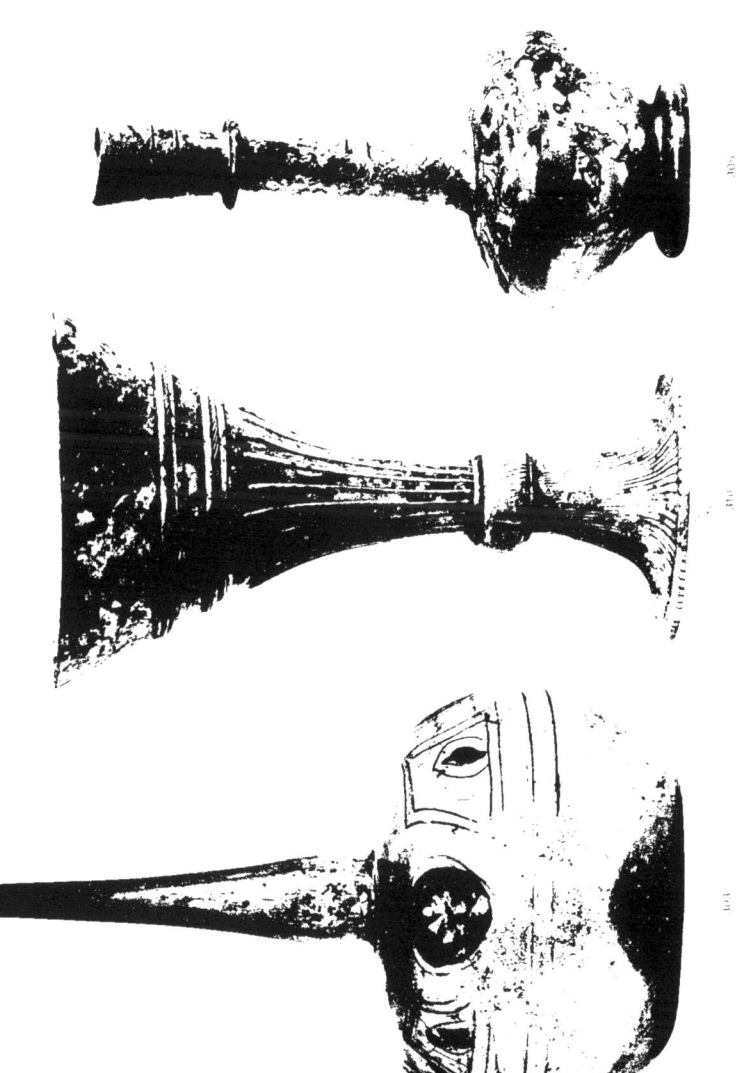

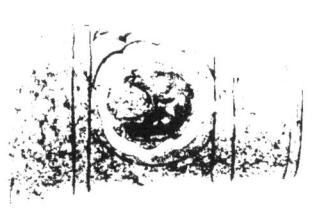

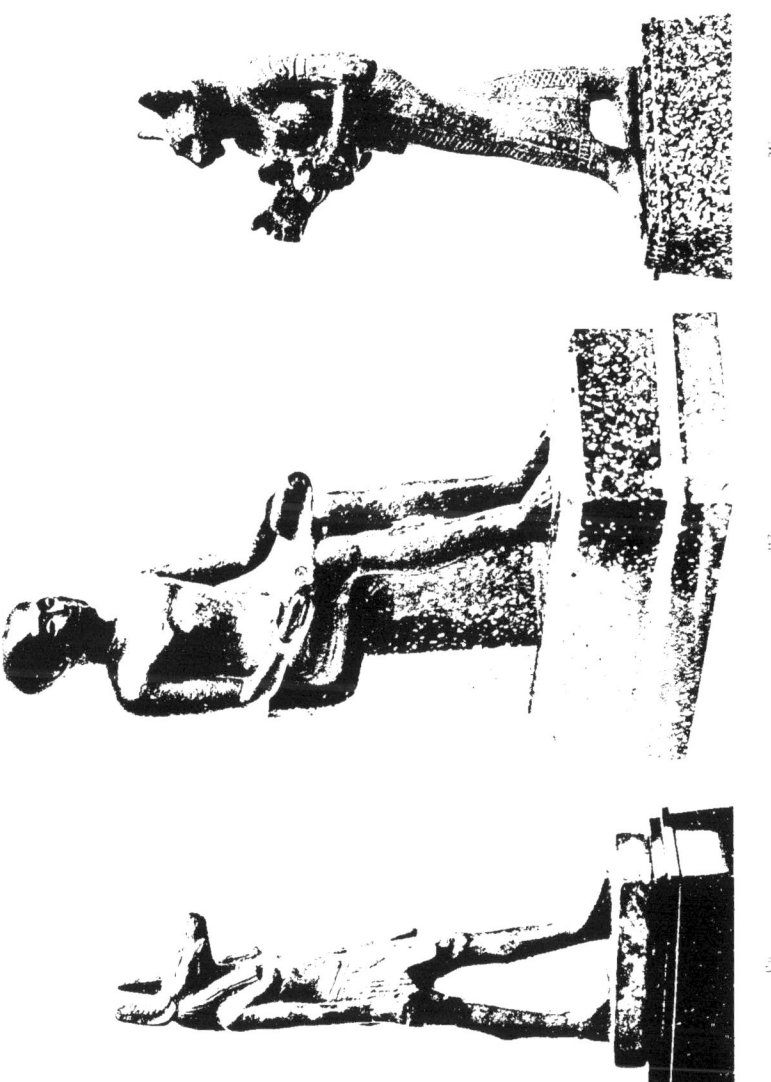

Pl. 12

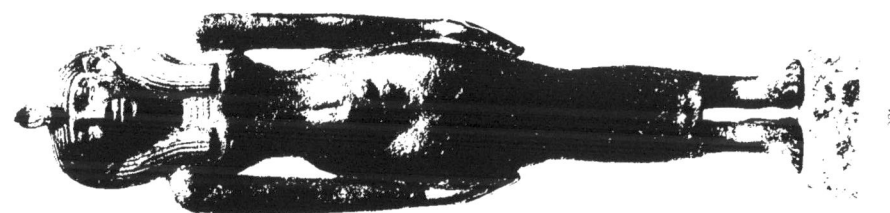

Pl 14

PL. 15

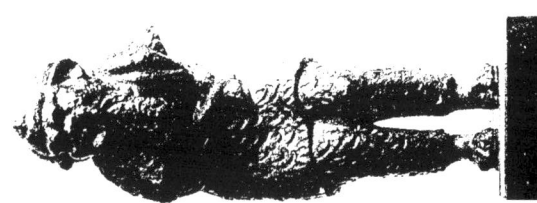

326

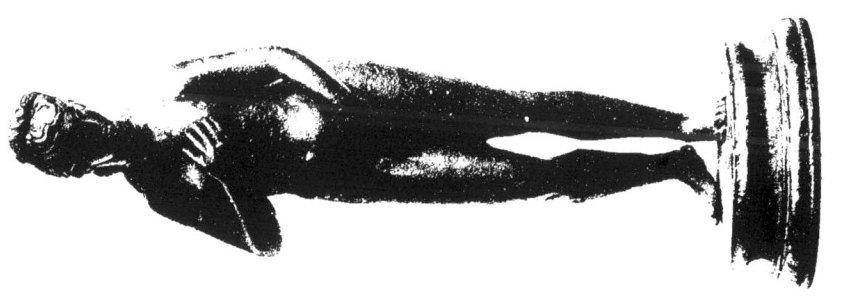

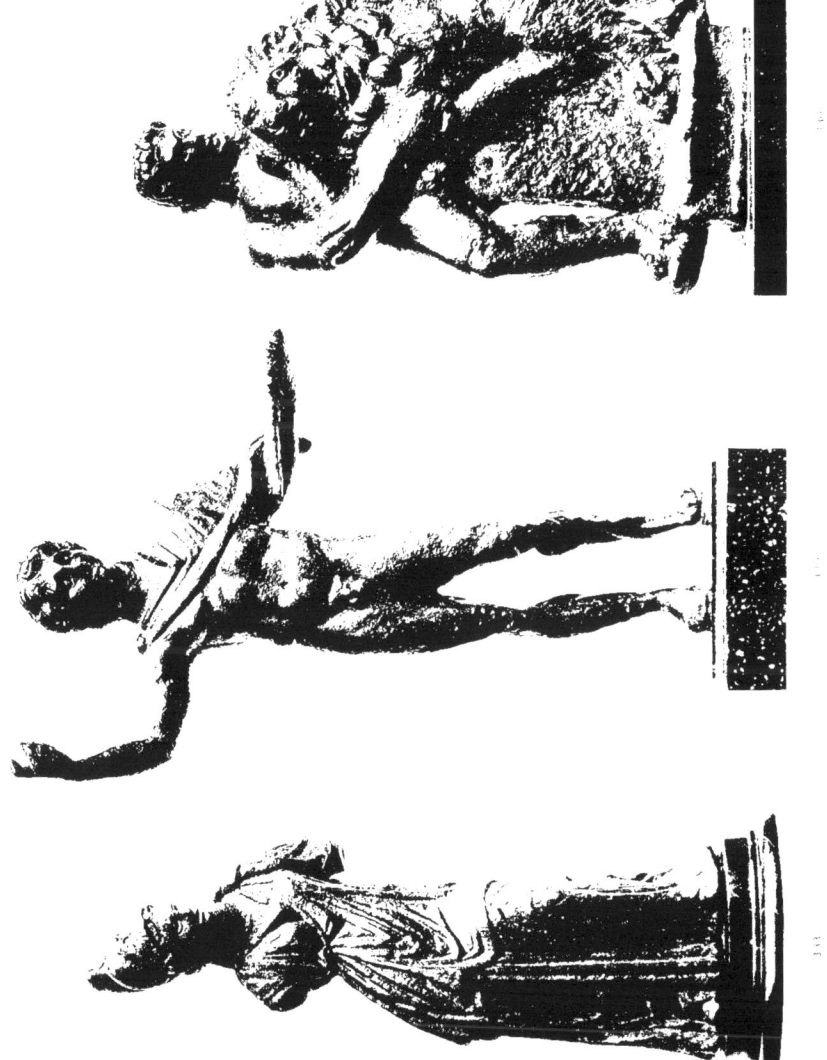

Imprimé en France
FROC011609010720
24395FR00018B/429